Analyse de l'œuvre

Par Florence Dabadie

La Possibilité d'une île

de Michel Houellebecq

lePetitLittéraire.fr

Analyse de l'oeuvre

Par Florence Dabadie

La Possibilité d'une île

de Michel Houellebecq

Rendez-vous sur lepetitlitteraire.fr et découvrez :

Plus de 1200 analyses
Claires et synthétiques
Téléchargeables en 30 secondes
À imprimer chez soi

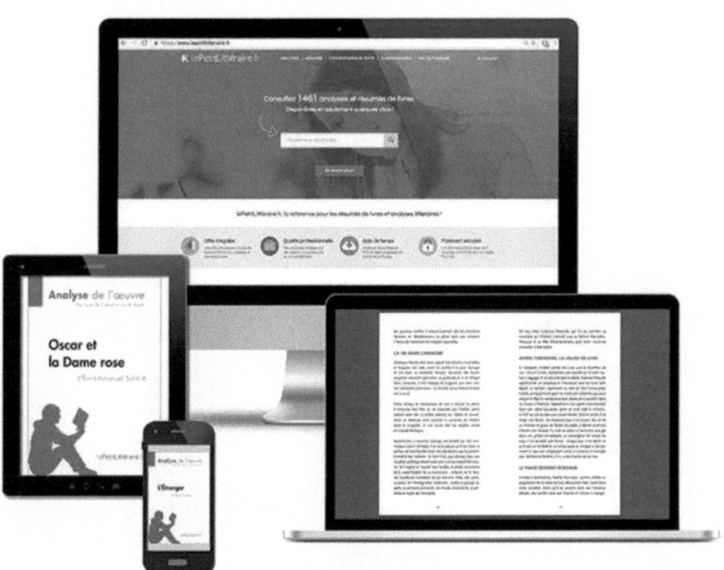

MICHEL HOUELLEBECQ

ÉCRIVAIN FRANÇAIS

- **Né en 1956 à Saint-Pierre (La Réunion)**
- **Quelques-unes de ses œuvres :**
  - *Extension du domaine de la lutte* (1984), roman
  - *Les Particules élémentaires* (1998), roman
  - *La Carte et le territoire* (2010), roman

Écrivain, poète, essayiste, réalisateur et scénariste français, Michel Houellebecq est né Michel Thomas. Délaissé par des parents qui se séparent rapidement, il est élevé par ses grands-parents maternels en Algérie puis à Meaux par sa grand-mère paternelle, Henriette Houellebecq, dont il reprend le nom. Après une classe préparatoire à Paris, il sort diplômé de l'Institut national agronomique puis rentre en section photographie à l'École Louis-Lumière, sans achever cette dernière formation. La même année, en 1981, nait son fils Étienne. Après avoir travaillé comme ingénieur agronome, il connait une période de chômage. Il divorce et sombre dans la dépression.

En 1983, il devient informaticien et accède à un poste de fonctionnaire. Michel Houellebecq se met en disponibilité en 1996 pour se consacrer entièrement à l'écriture. En 2000, il s'installe en Irlande avec sa deuxième femme puis en Andalousie en 2002. Il est de retour en France en 2012. Il épouse une jeune femme d'origine chinoise en 2018.

Son œuvre se caractérise par une approche sociologique pouvant rappeler celle des auteurs réalistes du XIXe siècle, en particulier Honoré de Balzac (écrivain français, 1799-1850). Michel Houellebecq dresse souvent des tableaux sévères de la société contemporaine, notamment en ce qui concerne les relations humaines et le capitalisme.

LA POSSIBILITÉ D'UNE ÎLE

UNE RÉFLEXION SUR LA CONDITION HUMAINE

- **Genre :** roman de science-fiction
- **Édition de référence** : *La Possibilité d'une île*, Paris, J'ai Lu, 2013, 447 p.
- **1ʳᵉ édition :** 2005
- **Thématiques :** humanité, amour, solitude, bonheur, souffrance, religion, futur, sexualité, vieillesse, société

Daniel1, un homme du début du XIXᵉ siècle sur le point de mourir, rédige son « récit de vie ». Il raconte sa carrière d'humoriste cynique et provocateur, sa vie intime et amoureuse et sa rencontre avec une secte, les élohimites, dont le projet scientifique est de faire naitre sans embryogenèse des hommes adultes. Plusieurs siècles plus tard, deux des descendants clonés de Daniel1, Daniel24 et Daniel25, lisent le récit de vie de leur prédécesseur et y ajoutent leurs propres commentaires.

La Possibilité d'une île est au croisement de trois genres : le récit de vie, le roman de science-fiction et la contre-utopie. Le roman est construit autour d'une alternance entre deux narrateurs : Daniel1 et, successivement, Daniel 24 et Daniel 25. Il se compose de trois parties, chacune d'elles constituant un « commentaire » du récit de vie de Daniel1. Le premier et le deuxième commentaire contiennent en alternance le récit et le commentaire. On retrouve dans ce roman les thèmes de prédilection de l'auteur, auxquels s'ajoute celui des sectes.

Michel Houellebecq mène une réflexion profonde et visionnaire sur la société contemporaine et sur la condition humaine.

Très remarqué et lancé par une importante campagne médiatique, le roman *La Possibilité d'une île* a remporté le prix Interallié, à défaut du prix Goncourt raté de peu.

Le roman a suscité de vives polémiques et une effervescence médiatique, notamment à cause des remarques antisémites, islamophobes et misogynes venant du personnage et narrateur Daniel1.

RÉSUMÉ

Le roman s'ouvre sur un « je » dont l'identité n'est pas connue, mais qui revendique la paternité d'un livre « destiné à l'édification des Futurs » (p19) et scande l'injonction « Craignez ma parole » (p17, 19,20).

Le narrateur de la première partie est Daniel1, un humoriste grossier qui raconte sa vocation de « bouffon » (p23), son premier spectacle, son mépris pour sa femme et son indifférence lors du suicide de son fils. Provocateur et cynique, il crée des sketchs délibérément immoraux dont les blagues graveleuses sont volontiers racistes, islamophobes, antisémites et misogynes. Son succès est grand, ses spectacles scandalisent et fascinent en même temps. Daniel1 gagne rapidement beaucoup d'argent et multiplie les succès sexuels. Il rencontre Isabelle, rédactrice en chef du magazine *Lolita*, et entame une relation avec elle. Il réalise un court-métrage et quelques scénarios avant d'acheter une résidence secondaire en Andalousie et d'épouser Isabelle.

Pourtant, peu à peu, il se sent gagné par un malaise, une tristesse ; il ne parvient plus à rire. Il ressent même du dégoût pour Isabelle et le désir finit par disparaitre. De son côté, celle-ci se sent vieillir. Un jour, ils trouvent un chien abandonné qu'ils adoptent. Ils l'appellent Fox et ont pour lui un amour inconditionnel. Puis ils se séparent. Daniel1 rencontre chez un ami un couple qui appartient à la secte élohimite. Celui-ci l'invite à se rendre au stage d'été de cette secte et Daniel y passe quelque temps.

C'est alors qu'il réalise un film et cherche une actrice que Daniel rencontre Esther, une jeune comédienne. Elle a une vingtaine d'années. Il tombe amoureux immédiatement, se délecte de l'érotisme de leur relation et connait une période de bonheur. Pour la première fois, il ressent la puissance de l'amour. Il passe beaucoup de temps à Madrid, là où elle vit. Pendant qu'elle prépare ses examens, il se rend à Lanzarote pour participer au stage d'hiver des élohimites auquel il a été invité une seconde fois en tant que VIP. Là-bas, il rencontre le Prophète, le gourou de la secte, et le scientifique Miskiewicz, appelé aussi Savant, qui lui explique son projet de fabriquer un humain de manière artificielle. Il assiste à une séance de méditation, observe l'envoûtement des élohimites par le gourou et il est le témoin de la concupiscence de ce dernier lorsqu'il fait des femmes ses esclaves sexuelles : celles-ci se sentent honorées de passer une nuit avec le Prophète et le font toujours avec l'accord de leur mari.

Un jour cependant, l'un d'entre eux ne supporte pas l'idée que sa femme soit la partenaire du prophète et assassine ce dernier. Daniel est présent lorsque l'on découvre le cadavre. L'équipe dirigeante de la secte décide d'établir une mystification : à la presse, il sera dit que le prophète s'est suicidé afin de renaitre trois jours plus tard dans un corps jeune, selon la promesse des élohimites. Contre leur silence, Savant promet à Daniel et aux autres témoins qu'ils seront les premiers auxquels sera accordée l'immortalité.

La résurrection du prophète se fait trois jours plus tard en la personne de Vincent, un artiste déprimé et suicidaire qui est aussi le fils du gourou. Il annonce aux trois cent douze adeptes réunis qu'ils seront les premiers néo-humains, « la première génération de la nouvelle espèce appelée à remplacer l'homme » (p. 277). Après avoir subi le prélèvement d'ADN nécessaire à sa future réincarnation, faisant désormais officiellement partie de l'Église élohimite, Daniel1 quitte Lanzarote et demande à Vincent l'autorisation d'écrire ce qu'il a vu. Le nouveau prophète accepte, à condition que son récit ne soit lu qu'une fois l'accord du comité directeur de l'Église donné.

À la suite de cette conversation, Vincent1 décide de systématiser l'idée du récit de vie. C'est celui-ci qui est commenté successivement par les néo-humains Daniel24 et Daniel25, les successeurs de Daniel1, nés artificiellement à partir de son ADN plusieurs siècles après. On découvre par le commentaire de Daniel25 que l'élohimisme est devenu la première religion européenne dans les derniers temps de l'humanité, celle-ci ayant été détruite par l'explosion de deux bombes thermonucléaires au cours de conflits ethniques et religieux. Cet épisode, appelé la première Diminution, en provoquant le Grand Assèchement par la fonte des glaces, a fait s'effondrer les civilisations humaines. Désormais, une enclave protégée regroupe des néo-humains, clones des adeptes de la secte élohimite. Ils ignorent tout ce qui a fait le malheur des humains : la souffrance, la peur, les regrets, la passion, l'amour et les affres de la prise de décision.

À son retour à Madrid, Daniel retrouve Esther et la puissance de l'amour, tout en se sentant vieux et condamné. Il sent qu'elle se détache de lui, d'autant plus qu'elle va partir aux États-Unis, et il en souffre profondément. Daniel y survit en écrivant son récit de vie qu'il commence à Biarritz. De retour à Paris, abattu par un sentiment de déréliction, il revoit Vincent et se rend tous les jours aux bureaux de la secte à Chevilly-Larue.

Quand il retourne à Almeria, il ressent un état de grand vide mental, n'a plus de vie sociale. La mort accidentelle de Fox accroit sa tristesse. C'est alors qu'il pense au clonage de son chien, impossible pour l'instant, mais envisageable puisque son ADN a été prélevé. Pour la première fois, Daniel1 ressent une émotion qui s'apparente à de l'espérance. Il se sent sur le départ, mais croit toujours en l'amour. À Chevilly-Larue, il passe un moment dans le hangar qui devra servir plus tard aux adeptes à prendre le mélange létal dans l'attente de la réincarnation. Il y vit une expérience troublante. Daniel1 achève son récit qu'il croit capable de « mettre fin à l'humanité telle que nous la connaissions » (p.386) ; selon lui l'homme va se convertir.

On apprend dans le commentaire de Daniel25 les derniers moments de la relation entre Daniel1 et Esther : celui-ci l'a harcelée pendant deux se-maines pour la voir et lui a écrit une lettre avant de se suicider. Cette lettre a poussé Marie23, une néo-humaine contemporaine de Daniel25, à partir, convaincue que l'amour était possible quelque part, comme l'indiquaient les deux der-niers vers du poème achevant la lettre : « Il existe au milieu du temps/La possibilité d'une île » (p.399). Marie23 souhaite rejoindre à Lanzarote, une communauté de néo-humains ayant rejeté les enseignements de la Sœur Suprême.

Convaincu à son tour que les plans de la Sœur ne se sont pas réalisés puisque la « pensée dé-livrée » (p.406) n'existe pas et qu'il ressent au contraire de la mélancolie, Daniel25 décide de partir. Il traverse des paysages déserts, passe par l'ancienne Madrid désormais dévastée, observe la cruauté des sauvages. Accompagné de Fox, il apprécie de chasser, marcher, découvrir de nouveaux paysages. Puis, profondément affecté par la mort de son chien tué par des sauvages, il éprouve une sensation nouvelle, la souffrance, et en déduit qu'il a connu l'amour. Il sait aussi désormais que le « futur [est] vide » (p.447).

ÉTUDE DES PERSONNAGES

DANIEL1 : ACTEUR ET TÉMOIN DE LA DÉCADENCE DU MONDE CONTEMPORAIN

Daniel1 est un humoriste cynique et désabusé qui vit au début du XIXe siècle. Narrateur principal, il fait le récit de sa vie. Il a été marié et a perdu un fils qu'il n'aimait pas. Il se voit comme « un observateur acéré de la réalité contemporaine » (p.25). Les premières pages le présentent comme un personnage détestable et névrosé. Ses spectacles sont vulgaires et provocateurs, frôlant souvent l'immoralité. Heureusement, il vit à une époque où l'insolence, même déplacée, est récompensée.

Selon lui, le bénéfice du métier d'humoriste est de « pouvoir se comporter comme un salaud en toute impunité » (p.26). Il fait des plaisanteries très douteuses, bâtit sa carrière sur l'exploitation des mauvais instincts de l'homme et gagne beaucoup d'argent. Sa fortune s'élève ainsi à six millions d'euros. Misogyne, il considère les femmes comme des proies faciles et accumule les « succès sexuels » (p.26). Il réalise aussi un court-métrage et écrit quelques scénarios. Il vit alternativement à Paris et en Andalousie, à Almeria, où il a acheté une résidence secondaire.

Le sexe occupe une grande place dans sa vie : il écrira d'ailleurs qu'il n'a vécu que pour cela. Il ne souhaite pas avoir d'enfant, persuadé que la reproduction fait le malheur de l'humanité puisque l'individu est inévitablement destiné à souffrir. Daniel préfère la compagnie des animaux, à l'image de son chien Fox pour lequel il a un « amour inconditionnel » (p. 73).

Sa rencontre avec Isabelle s'apparente selon lui à un coup de foudre, une « attraction mutuelle ». Il sait dès le départ qu'elle sera importante dans sa vie. Ils se marient au bout de trois ans de relation. Pourtant, il se lasse assez vite d'elle, allant jusqu'à ressentir un certain dégoût, auquel le vieillissement du corps de la jeune femme n'est pas étranger.

Il se met à croire en la puissance de l'amour quand il croise le chemin d'Esther. Elle a vingt ans de moins que lui. Il se rend très régulièrement à Madrid pour la voir. Leur relation est profondément érotique. Daniel ressent un amour fou et absolu pour cette jeune femme si sensuelle. Il l'aime d'autant plus fort qu'il l'estime. Mais peu à peu, Esther lui échappe. Ses envies sont celles d'une jeune femme, elle aime sortir et séduire. La différence d'âge se fait sentir, les amis de la jeune femme ne peuvent pas être ceux de Daniel. Il sombre alors dans le désespoir. Le récit de vie qu'il commence au même moment l'aide, temporairement, à surmonter l'épreuve de l'éloignement d'Esther.

La vieillesse l'effraie et le dégoûte. Selon lui, les personnes âgées sont laissées pour compte dans la civilisation européenne. Daniel dresse un réquisitoire contre un monde dans lequel seules comptent les valeurs de la jeunesse, au détriment du sort des personnes âgées. Vieillir est une souffrance. Il faut se résigner et mettre de côté ses envies. Sort d'autant plus cruel qu'en matière de sexualité, la puissance du désir s'accroit avec l'âge. Il fait ce constat douloureux à partir de sa propre expérience. Son sentiment d'être condamné est en effet exacerbé par sa passion amoureuse.

Athée, il est pourtant tenté par la foi en l'éternité que propose la secte des élohimites quand il perd Esther, sa raison de vivre. En effet, il a sympathisé avec l'artiste élohimite Vincent Greilsamer et le rencontre à plusieurs reprises à son initiative. Distant et seulement observateur au cours des deux stages d'hiver auxquels il est invité comme VIP, il finit par confier son ADN et celui de Fox, alors qu'il sombre dans un désespoir de plus en plus grand. Lorsqu'il commence son récit de vie, il veut faire œuvre de « pionnier » (p.386), car il pense qu'il est temps pour l'homme de « bifurquer » et de « se convertir » (p.386). Une fois ce récit achevé, il se suicide.

Daniel1 symbolise tous les défauts de la société contemporaine, il est « représentatif des limitations et des contradictions qui devaient conduire l'espèce à sa perte » (p.395). Cependant, il incarne également le besoin humain de l'espérance. Il s'humanise progressivement. Sa découverte de l'amour est le principal moteur de cette transformation.

DANIEL24 ET DANIEL25 : LES COMMENTATEURS DU RÉCIT DE DANIEL1

Daniel24 et Daniel25 vivent plusieurs siècles après Daniel1. Ils sont des néo-humains, des Intermédiaires qui commentent les récits de vie de leurs prédecesseurs. Ils sont issus génétiquement de Daniel1. Ils ont les mêmes traits, le même visage et les mêmes mimiques. Contrairement à celui-ci, ils ne connaissent plus les larmes ni le rire.

Daniel24 est le premier commentateur. Il « assiste sans regret à la disparition de l'espèce » (p. 29). C'est à travers son commentaire, grâce à ses explications, que le lecteur se fait une idée du fonctionnement du monde futuriste dans lequel il vit. Au début du récit, Daniel24 attend son successeur selon le système voulu par la Cité Centrale. Il sent sa fin venir. Il a besoin du contact avec Fox, le chien de Daniel1, lui-même mort plusieurs fois. Daniel24 sait qu'il participe à l'essence des Futurs, les êtres à venir. Il déroge à la règle en abrégeant le récit de vie de Daniel1, car certaines de ses considérations ont été « rendues complètement caduques par l'évolution scientifique » (p. 97). Il est en communication avec Marie22 puis, quelque temps avant la disparition de celle-ci, avec Marie23.

Le second commentateur, Daniel25, franchit la barrière de protection de l'enclave dans laquelle vivent les néo-humains quand Daniel24 disparait. Il est son successeur. Daniel25 écrit que la lignée des Daniel est « prédisposée à une certaine forme de doute et d'autodépréciation » (p. 169). Il explique les raisons du succès de l'élohimisme, selon lui « parfaitement adapté à la civilisation des loisirs » et précise l'organisation de l'Église. Il n'éprouve aucun désir pour Marie23, mais ressent un manque à son départ. Il regrette la fin abrupte du récit de Daniel1, car, d'après lui, ses anticipations finales sur la psychologie humaine auraient pu, une fois développées, apporter des indications utiles.

En effet, son jugement sur ce dernier est différent de celui de ses prédécesseurs qui ne voient chez Daniel1 que « ses oscillations cyclothymiques entre le découragement et l'espérance » (p. 395). Suivant l'exemple de Marie23, lassé par la « routine solitaire » (p. 405) et déçu que la promesse de bonheur ne se soit pas réalisée, il décide de partir.

Il n'a pas connu l'immense joie qu'a expérimentée Daniel1, aussi ne veut-il plus vivre. Il part, marche dans des paysages déserts, observe la barbarie des sauvages et arrive dans un Madrid en ruines. Il chasse et y prend goût. À la mort accidentelle de Fox et devant la tristesse qu'il ressent, il comprend qu'il accède à l'amour. Son départ témoigne donc de l'échec de la pensée selon laquelle la vie des néo-humains serait préservée du manque et de la souffrance. Il se sent « indélivré » (p446) et va continuer son « obscure existence de singe amélioré » (p. 447). Il sait maintenant que le bonheur n'est pas possible et que le futur est vide.

ISABELLE

Isabelle est rédactrice en chef du magazine Lolita. Quand Daniel la rencontre, elle a trente-sept ans et lui trente-neuf. Elle est venue interviewer cet humoriste au sommet de sa gloire. Dès le début de leur conversation, il sait qu'ils vont avoir une histoire ensemble et que celle-ci sera longue. Daniel est frappé par la franchise de leurs rapports. Elle fait de la danse classique pour entretenir son corps « incroyablement ferme et souple » (p35). Elle se dit psychorigide. Elle n'est pas dupe de ce que l'existence de son magazine signifie, de quelle vision du monde il participe : « ce que nous essayons de créer, c'est une humanité factice, frivole, qui ne sera plus jamais accessible au sérieux ni à l'humour, qui vivra jusqu'à sa mort dans une quête de plus en plus désespérée du fun et du sexe » (p. 38). Isabelle constate avec lucidité que le comportement féminin, toutes générations confondues, se décline autour d'une « fascination pure pour une jeunesse sans limites » (p. 43). Elle se marie avec Daniel au bout de trois ans de relation. À quarante ans, elle ne se sent plus adaptée pour être la rédactrice en chef d'un magazine cultivant la jeunesse à tout prix. Elle décide de le quitter et demande des indemnités de licenciement. Elle commence à pressentir que Daniel va la tromper avec une femme plus jeune. Leur relation s'étiole.

Les absences professionnelles de Daniel sont de plus en plus longues. Lors d'un de ses retours à Almeria, il la retrouve grossie et enlaidie. Leur relation est terminée, ils ne font plus que cohabiter dans la grande maison. C'est alors qu'Isabelle annonce à Daniel qu'elle part chez sa mère mourante, à Biarritz, pour ne pas être un poids. Ils se quittent bons amis. Elle emmène Fox avec elle. Daniel la rejoint là-bas au moment où il décide de rédiger son récit de vie. Elle accepte de le revoir, l'écoute quand il se confie à elle à propos d'Esther. Elle l'accueille deux semaines dans son appartement. Ils dorment ensemble, en toute amitié. Isabelle se montre intéressée par ce que Daniel lui dit de l'immortalité promise par la secte. Un jour de Noël, elle se suicide en léguant tous ses biens à l'Église élohimite.

ESTHER

Elle est la deuxième femme que Daniel a aimée. Il la rencontre alors qu'il cherche une actrice pour un film. C'est un coup de foudre. Il a quarante-sept ans, elle en a vingt-deux. Elle est très belle et très sensuelle. Daniel écrit qu'elle lui a « rendu la vie » (p. 161), qu'elle est « la plus grande histoire de [sa] vie » (p. 162). Avec elle, il découvre l'amour fou. Pour la première fois, il se sent heureux d'être un homme. Esther vit à Madrid avec sa sœur qui lui a servi de mère. Elle n'a pas connu son père. Daniel vit avec elle une relation d'un grand érotisme. Leur sexualité est ardente. Ils se voient tantôt à Madrid, tantôt à Almeria. Elle a eu une maladie des reins très grave, à l'âge de treize ans, qui lui a permis de connaitre le prix de la vie.

La compassion que Daniel se met à ressentir pour elle accroit son amour. À chaque fois qu'il la retrouve, le miracle se reproduit, mais Daniel commence à se sentir de plus en plus vieux et condamné auprès d'elle. La « party » (p. 305) qu'elle organise pour son anniversaire les éloigne, car Daniel comprend que pour la jeune femme, la sexualité n'implique aucun engagement sentimental. Il n'est d'ailleurs jamais question des sentiments de la jeune femme dans le récit. Esther lui annonce qu'elle part aux États-Unis pour un an. À partir de ce moment, Daniel est perdu. Par le commentaire de Daniel25, on apprend qu'avant de se suicider, Daniel a harcelé la jeune femme pour qu'elle couche avec lui une dernière fois. Elle ne lui a pas répondu.

CLÉS DE LECTURE

UN ROMAN DE SCIENCE-FICTION

Le roman de science-fiction est un genre littéraire qui inscrit une fiction dans un futur proche ou lointain, reposant sur des progrès technologiques et scientifiques. Il explore le futur et les valeurs de la communauté humaine. Dans ce roman, l'anticipation ne concerne que les chapitres pris en charge par les narrateurs Daniel24 ou Daniel25. Dans ces chapitres-là, la situation temporelle est floue, on sait seulement que plusieurs siècles ont passé depuis l'époque de Daniel1.

Ce monde est à part, isolé du reste du monde, comme dans les romans de science-fiction. Les néo-humains vivent dans une enclave protégée dont la situation géographique n'est pas connue. À l'extérieur, tout est désertique ou en ruines. De leur enclave, Daniel24 et Daniel25 observent la disparition de l'espèce humaine et ses derniers rejetons aux comportements lamentables qu'ils appellent les sauvages. Ce sont les descendants des derniers hommes de l'humanité détruite, qui vivent sur les débris de l'industrie humaine, tels des hommes préhistoriques. En effet, ils cultivent les pires tendances de l'humanité : la violence, la domination et le goût du sang.

De plus, il s'agit d'un univers futuriste. Il n'y a plus d'humains, mais des néo-humains. Ces derniers ont des caractéristiques psychologiques différentes de leurs ancêtres : ils ne connaissent plus l'amour ni la peine, ils ignorent la peur et l'ennui. Les néo-humains sont des intermédiaires qui préparent « l'édification des Futurs » (p. 19), des êtres à venir dont la nature est encore très vague. La Cité Centrale régit ce monde, c'est là que travaillent les Fondateurs. Les règles de vie de ce monde sont définies autour de lois.

Dans la plus pure tradition du roman de science-fiction, il y a une autorité pensante et dirigeante : la Sœur Suprême. Cependant, cette organisation reste mystérieuse puisqu'elle n'est mise en scène à aucun moment. Remarquons que le fait que ce monde soit né des projections ésotériques d'une secte rend cet univers encore plus étrange. En effet, les élohimites ont fondé leur légitimité sur l'hypothèse d'une race de créateurs extra-terrestres, les Élohim, destinés à remplacer les êtres humains.

Enfin, tout comme dans la science-fiction, on retrouve dans *La Possibilité d'une île* la présence de la science. L'Église élohimite fonde son existence sur une promesse scientifique : fabriquer des êtres humains à partir de leur ADN. Le responsable le plus important de la secte est finalement Miskiewicz, le scientifique spécialiste en génétique. Il prétend possible de fabriquer un être humain adulte directement, sans embryogenèse.

On apprend que ses travaux ont mis trois siècles à être réalisés. La question de l'immortalité, dominante dans les romans de science-fiction, apparait dans le roman au travers de la promesse élohimite selon laquelle les êtres se réincarnent et accèdent de cette façon à l'immortalité. En commentant les récits de vie, les néo-humains assurent la venue des Futurs. Ceux-ci ne seront pas des hommes au sens où on l'entend, « ils seront un tout en étant multiples » (p.437), mais leur arrivée sera contemporaine de la naissance de l'Esprit.

UNE CONTRE-UTOPIE

La Possibilité d'une île relève aussi du genre de la contre-utopie.

À l'image de la contre-utopie, une partie du récit est inscrite dans le futur. La science y règne en maitre et la création d'humains à partir de leur ADN rejoint les projections inquiétantes présentes dans une contre-utopie. Il n'y a pas d'altérité : tous les êtres sont quasiment identiques. De plus, il s'agit d'un monde clos sur lui-même dans lequel la liberté est réduite, même si ce monde n'a rien de totalitaire. Quant à la description de l'extérieur, elle donne une vision inquiétante pouvant rappeler facilement le genre de la contre-utopie : le paysage est apocalyptique, tout est dévasté, des sauvages errent au milieu des ruines. À l'origine de ce monde futuriste préoccupant, il y a la secte des élohimites. En son temps, elle a connu succès foudroyant, mais elle est en réalité une supercherie. Elle abuse les esprits.

Le Prophète est un gourou qui hypnotise les foules et profite de son pouvoir pour abuser des femmes. Quelques siècles plus tard, le bonheur promis par la secte n'est pas advenu. La société imaginée par les élohimites se veut si parfaite qu'il est impossible de transgresser ses règles et qu'elle en devient étouffante (en témoignent les départs de Marie23 et Daniel25). D'ailleurs, le fait que les néo-humains soient conçus pour ne connaitre ni l'amour ni le besoin de l'autre peut rappeler le monde régi par Big Brother dans le roman d'anticipation 1984, de George Orwell (écrivain britannique, 1903-1950), dans lequel l'amour est interdit.

En outre, la Sœur Suprême n'a pas réussi son pari d'apporter la sérénité aux néo-humains, de les éloigner de la souffrance par l'étude du récit de vie de leurs prédécesseurs. En effet, la première loi de Pierce identifiant la personnalité à la mémoire, la « forme ancienne » du récit de vie « proche de ce qu'on appelait jadis l'autobiographie » avait été considérée comme la plus adaptée pour que « l'ensemble ressurgisse » (p.30). Si l'intention pouvait sembler utopique, elle a en réalité enchainé les néo-humains au lieu de les délivrer. En fin de compte, ceux-ci sont livrés à une extrême solitude, car ils vivent dans un « environnement non social » (p. 60). Daniel25 pense avoir seulement une « existence de singe amélioré ». (p. 446).

Cependant, il reste toujours la « possibilité d'une île », le lieu par excellence de l'utopie parce qu'elle est à part, parce qu'elle est un monde meilleur. C'est celle qu'espère Daniel et que rejoignent peut-être Marie23 et Daniel25. Le récit laisse entrevoir cette ouverture.

UNE RÉFLEXION SUR LA SOCIÉTÉ CONTEMPORAINE

Le roman de Michel Houellebecq interroge des problématiques contemporaines. Il donne à réfléchir à travers sa fiction aux valeurs de notre civilisation.

Le culte de la jeunesse

Dans son commentaire, Daniel24 dresse le réquisitoire d'une civilisation humaine ayant favorisé « les souffrances morales occasionnées par la vieillesse » (p.87). Il constate que le taux de suicide a nettement augmenté dans les années qui ont précédé la disparition de l'espèce. Le discours de Daniel1 rejoint celui-ci. Bien qu'âgé d'une quarantaine d'années, il se sent très vieux à côté d'Esther, tant leur différence d'âge est grande. Il constate que le désir sexuel s'accroit avec l'âge, alors qu'il devient de moins en moins simple de le satisfaire. Michel Houellebecq semble condamner une société qui ne jure que par la jeunesse. Ainsi fait-il la satire des magazines féminins flattant l'envie des femmes mûres de s'habiller comme des jeunes filles.

Isabelle, rédactrice en chef du journal *Lolita*, est très lucide à cet égard. Pour autant, elle ne parvient pas à dépasser la dictature de l'apparence et préfère quitter Daniel plutôt que de vieillir sous son regard. En outre, le rêve d'immortalité des élohimites correspond aussi à ce refus de vieillir, à ce culte de la jeunesse. Dans la version officielle, le prophète se suicide afin de renaitre trois jours plus tard dans un corps jeune. C'est en fait son fils, Vincent, qui lui succède pour que la mystification continue. Daniel25 remarque que cette promesse fondamentale de la victoire contre la mort est celle de toutes les religions monothéistes.

La sexualité

Cette thématique est très présente dans les romans de Michel Houellebecq. Daniel1 commence son récit de vie sous l'angle de sa réussite professionnelle et des succès sexuels qui en ont été la conséquence. La sexualité n'est envisagée ici que sous l'angle du pouvoir et de l'argent : il séduit parce qu'il est connu et qu'il est fortuné. A contrario, à la fin de son récit de vie, il déplore paradoxalement le fait que le sexe soit devenu un divertissement pour la génération d'Esther, pour qui l'amour n'a pas lieu d'exister. Entre temps, il a connu la passion. Lors de la fête d'anniversaire d'Esther, il semble écœuré par les débordements sexuels des uns et des autres.

Les corps paraissent n'être plus que des machines, comme si la sexualité humaine n'était qu'un mécanisme. Une des aventures finales de

Daniel25 est à cet égard intéressante : ce dernier connait la théorie de la sexualité, mais lorsqu'une jeune sauvage vient lui faire don de son corps, il la repousse, car il n'en a pas le désir. Elle le fait comme par habitude, par réflexe naturel. Faut-il voir ici une allégorie de la marchandisation des corps ? Remarquons aussi que la secte élohimite présente la sexualité comme une forme de méditation, une manière immédiate d'être au monde, même si le Prophète abuse de la crédulité de ses adeptes féminines. Le succès de la secte tient sans doute à la promesse de « la satisfaction illimitée des désirs physiques » (p. 331), promesse probablement plus dangereuse que souhaitable.

L'amour

C'est le sujet le plus abordé dans les récits de vie humains. Daniel25, à la fin de son commentaire, explique que *Le Banquet* de Platon (philosophe de la Grèce antique), a été un livre nocif pour l'humanité occidentale et pour l'humanité dans son ensemble. En développant son mythe de l'amour absolu reposant sur l'idée que chaque être est en quête de sa moitié originelle, de son ancienne nature formant un tout complet, Platon a trompé les hommes. Selon Daniel25, l'amour n'existe pas et sa quête a perdu l'humanité. Pour les humains de la dernière période, l'amour a été « le point focal où pouvaient se concentrer toute souffrance et toute joie ». Platon a introduit en l'humanité « un rêve dont elle [a] mis plus de deux millénaires à essayer de se défaire ».

Cependant, Daniel1, incrédule avant de connaitre Isabelle, nait à ce sentiment lorsqu'il tombe éperdument amoureux d'Esther. Il est aussi sentimental qu'il peut être cynique. Cette dernière le ramène à la vie, il découvre la puissance de l'amour, mais aussi la souffrance que ce sentiment engendre. Le couple, dans le roman, n'est pas destiné à durer. Les discordances, au début éclipsées par l'enthousiasme, réapparaissent très vite et détruisent toute possibilité de vie commune. C'est ce que comprend Daniel1 à partir de sa relation avec Isabelle et qui se confirme avec Esther. Il ne sait pas ce qu'est le couple uni dans le bonheur. Seul le chien est selon Daniel25 une « machine à aimer » (p.177). Ce n'est pas pour rien que Daniel1 ressent un amour inconditionnel pour Fox.

Le bonheur

L'existence est, d'après Daniel1, placée sous le sceau de la souffrance. Pour cette raison, il pense déraisonnable d'avoir des enfants, car le destin de l'individu est de « propager le malheur autour de lui en rendant l'existence des autres aussi intolérable que l'est la sienne propre » (p.64). Selon le Prophète, l'homme « creuse sa propre tombe » en se reproduisant (p. 248). De plus, les absences puis le départ d'Esther font effroyablement souffrir Daniel1. Le bonheur, dans ses bras, est fugace et éphémère. À la fin de son commentaire, Daniel25 écrit que « le bonheur n'était pas un horizon possible » (p. 447). Pour toutes ces raisons, l'être est voué à une infinie solitude. Ceci explique sans doute pourquoi les néo-humains ne connaissent pas la compassion et ignorent le rire.

PISTES DE RÉFLEXION

QUELQUES QUESTIONS POUR APPROFONDIR SA RÉFLEXION...

- Quelle est la fonction de l'entrelacement narratif voulu par l'auteur dans son roman ?
- Quelle vision de l'humanité ce roman délivre-t-il ?
- *La Possibilité d'une île* est-il un roman pessimiste ?
- De quels points de vue peut-on comparer *La Possibilité d'une île* et *1984* de George Orwell ?
- En quoi *La Possibilité d'une île* est-il un roman visionnaire ?
- Quelle originalité Michel Houellebecq apporte-t-il au genre du récit de vie ?
- Quelle est la fonction des pages du roman (p.210 à 284) consacrées au passage de Daniel1 chez les élohimites ?
- En quoi les commentaires de Daniel24 et Daniel25 enrichissent-ils le récit de Daniel1 ?

Votre avis nous intéresse !Laissez un commentaire sur le site de votre librairie en ligneLaissez un commentaire sur le site de votre librairie en ligneet partagez vos coups de cœur sur les réseaux sociaux !

POUR ALLER PLUS LOIN

ÉDITION DE RÉFÉRENCE

- HOUELLEBECQ M., *La Possibilité d'une île*, Paris, J'ai Lu, 2013.

ADAPTATIONS

- *La Possibilité d'une île*, film de Michel Houellebecq, 2008.

SUR LEPETITLITTÉRAIRE.FR

- Fiche de lecture sur *Soumission* de Michel Houellebecq.
- Fiche de lecture sur *La Carte et le territoire* de Michel Houellebecq.

Retrouvez notre offre complète sur lePetitLittéraire.fr

- des fiches de lectures
- des commentaires littéraires
- des questionnaires de lecture
- des résumés

ANOUILH
- Antigone

AUSTEN
- Orgueil et Préjugés

BALZAC
- Eugénie Grandet
- Le Père Goriot
- Illusions perdues

BARJAVEL
- La Nuit des temps

BEAUMARCHAIS
- Le Mariage de Figaro

BECKETT
- En attendant Godot

BRETON
- Nadja

CAMUS
- La Peste
- Les Justes
- L'Étranger

CARRÈRE
- Limonov

CÉLINE
- Voyage au bout de la nuit

CERVANTÈS
- Don Quichotte de la Manche

CHATEAUBRIAND
- Mémoires d'outre-tombe

CHODERLOS DE LACLOS
- Les Liaisons dangereuses

CHRÉTIEN DE TROYES
- Yvain ou le Chevalier au lion

CHRISTIE
- Dix Petits Nègres

CLAUDEL
- La Petite Fille de Monsieur Linh
- Le Rapport de Brodeck

COELHO
- L'Alchimiste

CONAN DOYLE
- Le Chien des Baskerville

DAI SIJIE
- Balzac et la Petite Tailleuse chinoise

DE GAULLE
- Mémoires de guerre III. Le Salut. 1944-1946

DE VIGAN
- No et moi

DICKER
- La Vérité sur l'affaire Harry Quebert

DIDEROT
- Supplément au Voyage de Bougainville

DUMAS
- Les Trois
  Mousquetaires

ÉNARD
- Parlez-leur
  de batailles,
  de rois et
  d'éléphants

FERRARI
- Le Sermon sur la
  chute de Rome

FLAUBERT
- Madame Bovary

FRANK
- Journal
  d'Anne Frank

FRED VARGAS
- Pars vite et
  reviens tard

GARY
- La Vie devant soi

GAUDÉ
- La Mort du
  roi Tsongor
- Le Soleil des
  Scorta

GAUTIER
- La Morte
  amoureuse
- Le Capitaine
  Fracasse

GAVALDA
- 35 kilos d'espoir

GIDE
- Les
  Faux-Monnayeurs

GIONO
- Le Grand
  Troupeau
- Le Hussard
  sur le toit

GIRAUDOUX
- La guerre de
  Troie
  n'aura pas lieu

GOLDING
- Sa Majesté des
  Mouches

GRIMBERT
- Un secret

HEMINGWAY
- Le Vieil Homme
  et la Mer

HESSEL
- Indignez-vous !

HOMÈRE
- L'Odyssée

HUGO
- Le Dernier Jour
  d'un condamné
- Les Misérables
- Notre-Dame
  de Paris

HUXLEY
- Le Meilleur
  des mondes

IONESCO
- Rhinocéros
- La Cantatrice
  chauve

JARY
- Ubu roi

JENNI
- L'Art français
  de la guerre

JOFFO
- Un sac de billes

KAFKA
- La Métamorphose

KEROUAC
- Sur la route

KESSEL
- Le Lion

LARSSON
- Millenium I. Les
  hommes qui
  n'aimaient pas
  les femmes

LE CLÉZIO
- Mondo

LEVI
- Si c'est un
  homme

LEVY
- Et si c'était vrai…

MAALOUF
- Léon l'Africain

MALRAUX
- La Condition humaine

MARIVAUX
- La Double Inconstance
- Le Jeu de l'amour et du hasard

MARTINEZ
- Du domaine des murmures

MAUPASSANT
- Boule de suif
- Le Horla
- Une vie

MAURIAC
- Le Nœud de vipères

MAURIAC
- Le Sagouin

MÉRIMÉE
- Tamango
- Colomba

MERLE
- La mort est mon métier

MOLIÈRE
- Le Misanthrope
- L'Avare
- Le Bourgeois gentilhomme

MONTAIGNE
- Essais

MORPURGO
- Le Roi Arthur

MUSSET
- Lorenzaccio

MUSSO
- Que serais-je sans toi ?

NOTHOMB
- Stupeur et Tremblements

ORWELL
- La Ferme des animaux
- 1984

PAGNOL
- La Gloire de mon père

PANCOL
- Les Yeux jaunes des crocodiles

PASCAL
- Pensées

PENNAC
- Au bonheur des ogres

POE
- La Chute de la maison Usher

PROUST
- Du côté de chez Swann

QUENEAU
- Zazie dans le métro

QUIGNARD
- Tous les matins du monde

RABELAIS
- Gargantua

RACINE
- Andromaque
- Britannicus
- Phèdre

ROUSSEAU
- Confessions

ROSTAND
- Cyrano de Bergerac

ROWLING
- Harry Potter à l'école des sorciers

SAINT-EXUPÉRY
- Le Petit Prince
- Vol de nuit

SARTRE
- Huis clos
- La Nausée
- Les Mouches

SCHLINK
- Le Liseur

SCHMITT
- La Part de l'autre
- Oscar et la
  Dame rose

SEPULVEDA
- Le Vieux qui
  lisait des romans
  d'amour

SHAKESPEARE
- Roméo et Juliette

SIMENON
- Le Chien jaune

STEEMAN
- L'Assassin
  habite au 21

STEINBECK
- Des souris et
  des hommes

STENDHAL
- Le Rouge et
  le Noir

STEVENSON
- L'Île au trésor

SÜSKIND
- Le Parfum

TOLSTOÏ
- Anna Karénine

TOURNIER
- Vendredi ou
  la Vie sauvage

TOUSSAINT
- Fuir

UHLMAN
- L'Ami retrouvé

VERNE
- Le Tour
  du monde
  en 80 jours
- Vingt mille
  lieues sous
  les mers
- Voyage au
  centre de
  la terre

VIAN
- L'Écume des jours

VOLTAIRE
- Candide

WELLS
- La Guerre des
  mondes

YOURCENAR
- Mémoires
  d'Hadrien

ZOLA
- Au bonheur
  des dames
- L'Assommoir
- Germinal

ZWEIG
- Le Joueur
  d'échecs

L'éditeur veille à la fiabilité des informations publiées, lesquelles ne pourraient toutefois engager sa responsabilité.

© **LePetitLittéraire.fr, 2018. Tous droits réservés.**

www.lepetitlitteraire.fr

ISBN version numérique : 9782808014793
ISBN version papier : 9782808014786
Dépôt légal : D/2018/12603/499

Conception numérique : Primento,
le partenaire numérique des éditeurs.

Ce titre a été réalisé avec le soutien de la Fédération Wallonie-Bruxelles, Service général des Lettres et du Livre.